Text and Illustration Copyright
Miguel Antony Briones

Edited and Designed by
Miguel Antony Briones

This book may not be reproduced in whole or in part (with the exception of short quotes for the purpose of review) without explicit permission from the author.

Este libro está dedicado a Miguelito y Nino, y fue inspirado por Zara, Josue y todos mis estudiantes. ¡Gracias!

This book is dedicated to Miguelito and Nino, and was inspired by Zara, Josue and all of my students. Thank You!

By/Escrito por
Miguel Antony Briones

Illustrated by/Ilustrado por
Miguel Antony Briones

Translated by / Traducido por
Erica Reyes

Como Mi Padrino

"¡Miguelín! ¡Miguelón! ¡Llego tarde al trabajo! Hay avenita en el microondas. Tengo clase, así que llegaré tarde a casa. ¡Mocoso! ¡Será mejor que te levantes! Y no quiero volver a saber de la escuela. ¡Vale más!"

Así es más o menos como van todas las mañanas en mi casa. Aunque tengo que decir que en mi defensa no soy el peor niño del colegio. Simplemente me culpan de muchas cosas. Estoy bastante seguro de que es por mi pelo rojo. Simplemente llama la atención sobre mí. ¡De verdad! En fin

---

"Miguelin! Miguelon! I'm running late for work! There's avenita in the microwave. I have class, so I'll be home late. Mocoso! You better be up! And I don't want to hear from the school again. Vale más!"

That's pretty much how every morning goes in my house. Although in my defense, I have to say, I'm not the worst kid in the school. I just get blamed for a lot. I'm pretty sure it's because of my red hair. It just calls attention to me. For real! Anyway...

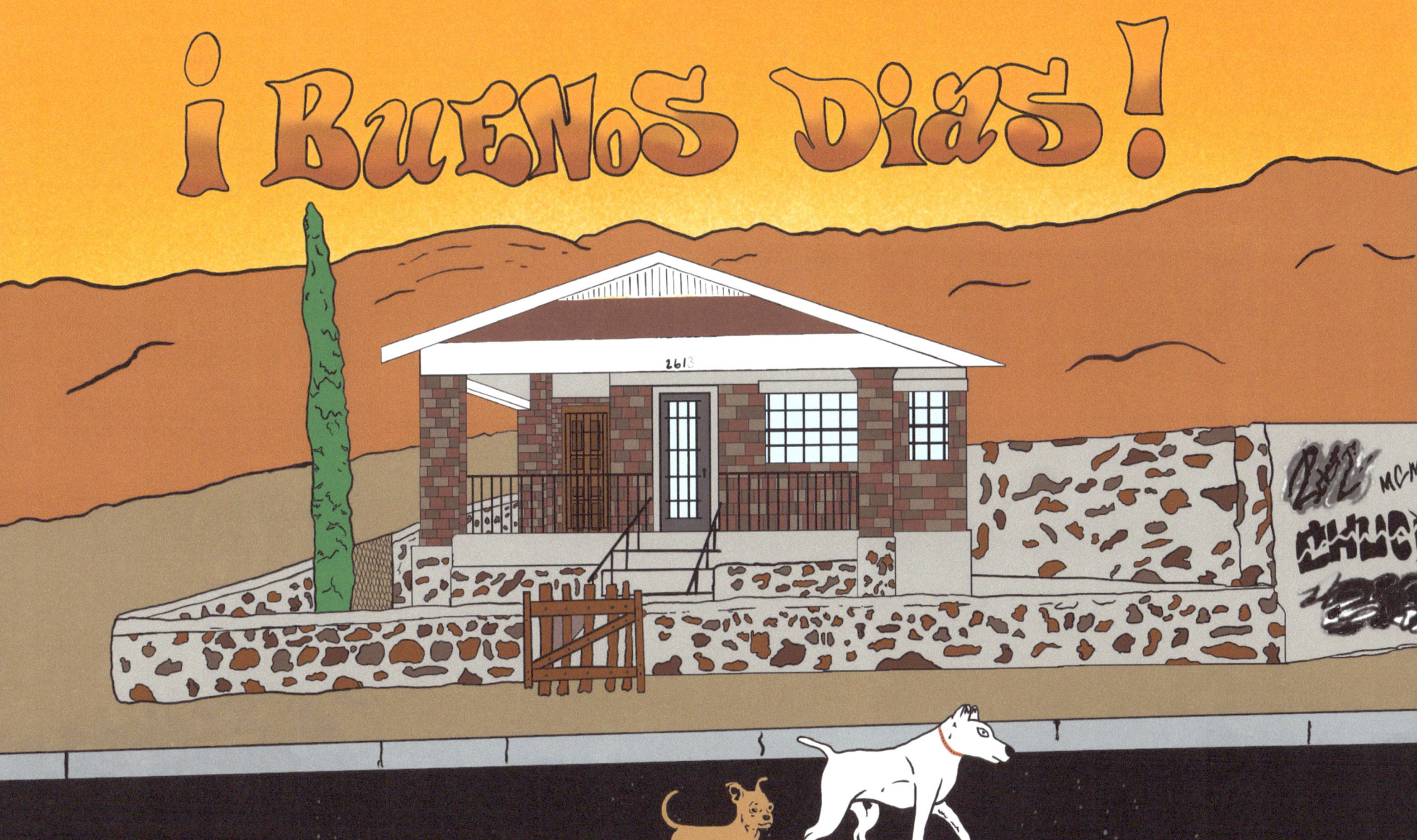

Esa era mi mamá. A veces habla-grita, pero he oído que es bastante común. Ah, y yo soy Miguel. Ha sido un año loco. El mundo perdió a La Reina Selena Quintanilla, Michael Jordan hizo su regreso triunfal al baloncesto, y yo... iba... ¡a la escuela secundaria! Así es, se acabaron los juegos de niños para mí. Soy maduro, soy responsable, y ahhh canijos, ¡SE ME ESTÁ HACIENDO TARDE!

That was my Mamá. She talk-yells sometimes, but I hear that it's actually pretty common thing that parents do. Oh, and I'm Miguel. It has been a crazy year. The world lost La Reina Selena Quintanilla, Michael Jordan made his triumphant return to basketball, and I...was going...to middle school! That's right, no more baby games for me. I'm mature, I'm responsible, and ahhh canijos, I'M RUNNING LATE!

"¡Hey chavos, ¡Aguanten!" Ese es Charlie a la izquierda, y a su lado está Tito. Son prácticamente mis mejores amigos y cuates. "Oye Miguel, ¿todavía estás castigado o puedes venir hoy después de clase?", preguntó Charlie. Era una pregunta justa, sobre todo teniendo en cuenta que he pasado la mayor parte del año castigado, suspendido o en la oficina. "No, no estoy castigado, carnal. ¿Vas a ir, Tito?" Tito se encogió de hombros y siguió caminando. Siempre ha sido un hombre de pocas palabras.

"Hey guys, hold up!" That's Charlie on the left, and next to him is Tito. They're pretty much my best friends and homies. "Hey Miguel, are you still grounded, or can you come hang out after school today?" asked Charlie. It was a fair question, especially considering I spent most of the year in detention, suspended, or in the office. "Nah, I'm not grounded, bro. Are you going, Tito?" Tito just shrugged his shoulders and kept walking. He's always been a man of few words.

Llegamos a la escuela con tres minutos de sobra, así que nos tomamos nuestro tiempo para subir las escaleras. Al detenernos en lo alto de la escalera, hicimos todo lo posible por dejar de reír, pero nos pareció casi imposible. Estábamos llenos de la energía y la excitación que sólo se produce al saber que es la última semana de colegio. Nuestra excitación llegó a un abrupto final cuando una voz familiar dijo: "¡Eh, chamacos! Apurad, vamos a darnos prisa". El señor Tranquillo siempre estaba allí para recibirnos por las mañanas. Era el adulto más paciente de todo el lugar. "Será mejor que os deis prisa. Los profesores están de muy buen humor, pero no querrán darles una razón". "¡Gracias, señor!", dijimos al mismo tiempo.

We made it to school with three minutes to spare, so we took our time going up the front steps. Stopping at the top of the stairs, we did our best to stop laughing, but it felt almost impossible. We were filled with the energy and excitement that only comes with knowing it's the last week of school. Our excitement came to an abrupt end when a familiar voice said, "Hey, chamacos! Apurate, let's go hurry up." Mr. Tranquillo was always there to greet us in the mornings. He was the most patient adult in the whole place. "You boys better hurry up. The teachers are in a pretty good mood, but you don't want to give them a reason." "Thanks, Mr!" we said in unison.

Siguiendo el consejo del señor Tranquillo, nos dirigimos rápidamente a la clase, asombrados por lo felices que parecían estar todos los adultos. "Sabes, están tan emocionados como nosotros", dijo Tito. "¡Claro! Probablemente más emocionados que nosotros". respondí. Ambos comenzamos a reír cuando Charlie se dirigió rápidamente a nosotros y dijo con un agudo susurro: "Shhh, está esperando en la puerta, tonto". La señora Brown tenía fama de ser súper estricta. De hecho, lo único más severo que su aliento a café era cómo disciplinar a los alumnos que no le gustaban. ¿Y adivina quién era el número uno en esa lista?

Following Mr. Tranquillo's advice, we quickly walked to class, amazed by how happy all the adults seemed to be. "You know, they're just as excited as we are," said Tito. "Right! Probably more excited than us." I responded. We both started to laugh when Charlie quickly turned to us and said with a sharp whisper, "Shhh, she's waiting at the door, fool." Ms. Brown had a reputation for being super strict. In fact, the only thing harsher than her coffee breath was how she disciplined students she didn't like. And guess who was number one on that list?

"Bueno, a quién tenemos aquí. Si no es mi estudiante favorito". Me di cuenta de que estaba siendo sarcástica, así que dije en voz baja: "Podría ser si tú..." Antes de que pudiera terminar mi frase, ella estaba a centímetros de mi cara, y pude sentir su aliento y su saliva en mi cara. "¿Qué me has dicho? ¿Por qué no puedes ser más como David o Teresa?" Podía sentir cómo mi cara se ponía roja por la vergüenza y la frustración. Entonces, me entregó una nota disciplinaria y dijo: "Tenía la intención de entregar esto a la oficina la semana pasada, pero se me olvidó. Ve a la oficina y dales esto". Cerró lentamente la puerta del salón de clases y me dejó sola en el pasillo.

"Well, who do we have here? If it isn't my favorite student." I could tell she was being sarcastic, so I said under my breath, "I could be if you.." Before I could even finish my sentence, she was inches from my face, and I could feel her breath and spit on my face. "What did you say to me? Why can't you be more like David or Teresa?" I could feel my face turning red out of embarrassment and frustration. Then, she handed me a referral and said, "I meant to turn this into the office last week, but I forgot. Go ahead and walk down to the office and give this to them." She slowly closed the door to the classroom, leaving me standing alone in the hallway.

Tras una hora de espera, por fin me llamaron a la oficina del Sr. Miller. "¿Qué vamos a hacer contigo, Miguel?", preguntó en tono cortante. "Señor, es porque no le caigo bien. Y hoy ni siquiera me ha dado una oportunidad". Interrumpió, diciendo: "Has sido un dolor todo el año, Miguel. Así que creo que vamos a hacer un favor a todos y pedirte que te quedes en casa el resto del año. Ya llamé a tu mamá para avisarle que pasarás el resto del día en la oficina y que no regresarás los últimos cuatro días de clases". Sabía que era inútil discutir. La decisión estaba tomada. Así que me senté en silencio mirando mi regazo mientras las lágrimas corrían por mi cara.

After an hour of waiting, I was finally called into Mr. Miller's office. "What are we going to do with you, Miguel?" he asked in a sharp tone. "Mr., it's cause she doesn't like me. And she didn't even give me a chance today." He interrupted, saying, "You've been a pain all year, Miguel. So I think we're gonna do everyone a favor here and ask you to stay home for the rest of the year. I already called your mom to let her know that you'll be spending the rest of the day in the office and that you will not be returning for the last four days of school." I knew there was no use arguing. The decision had been made. So I sat quietly staring down at my lap as tears streamed down my face.

Pasé mucho tiempo en la oficina los últimos seis años, pero también sentí que no era escuchado y tratado como una carga. Una vez, en 1° grado, la señora Arnold se frustró tanto conmigo que me agarró y me dejó los brazos magullados. Se podría decir que el Sr. Foster, en el tercer grado, era un poco más amable. Todo lo que hizo fue llamarme fastidioso y decirme que no llegaría a nada. Pero lo que realmente me disgusta es cuando me avergüenzan delante de toda la clase. Ya era bastante malo que los otros niños se burlaran de mí por llevar ropa vieja, o por mi pelo, o cualquier otra estupidez que estuviera fuera de mi control. A veces siento que disfrutan siendo crueles conmigo.

I spent a lot of time in the office the past six years, but I also felt unheard and treated like a burden. Once, in 1st grade, Mrs. Arnold got so frustrated with me that she grabbed me and left my arms bruised. You could say Mr. Foster in the 3rd grade was a little bit nicer. All he did was call me annoying and tell me that I wouldn't amount to anything. But the one thing that I really really dislike is when they embarrass me in front of the whole class. It was already bad enough that the other kids made fun of me for wearing old clothes, or because of my hair, or any other stupid thing that was out of my control. Sometimes I feel like they enjoy being cruel to me.

Originalmente hogar de los nativos Piro, Mansos, y Lipan Apache, esta zona se convirtió una fundición de cobre, Manhattan Heights fue fundada en 1899 por inversores de El Paso y Nueva York y recibió su reconocimiento histórico en el año 1980. Los nombres de las calles Silver, Copper, Gold y Federal que existen hoy en día son un recordatorio de esta historia. Son históricos por sus dos parques. El Parque Conmemorativo de los Veteranos y el Jardín de Rosas Municipal. El Jardín de Rosas Municipal, inaugurada en 1959, tiene más de 1,900 rosales con cientos de variedades y cada año se plantan nuevas.

En 1919 se construyó la Escuela de Manhattan Heights para atraer a residentes conocidos y adinerados. El nombre de la escuela cambiaría en 1922 por el de Escuela Primaria Crockett y sigue sirviendo a los estudiantes y a las familias que viven en Manhattan Heights y sus alrededores. La arquitectura y los diseños únicos de las casas de este vecindario se deben a muchos arquitectos, pero el estilo español-mediterráneo fue introducido por la primera y única mujer arquitecta de El Paso de esa época.

Originally home to the native Piro, Mansos and Lipan Apache, this area later became home to a copper smelter. Manhattan Heights was founded in 1899 by El Paso and New York investors and received its historical recognition in the year 1980. The street names Silver, Copper, Gold, and Federal that exist today are a reminder of this history. It is home to two historic parks. Veterans Memorial Park and the Municipal Rose Garden. The Rose Garden opened in 1959 and has more than 1,900 rose bushes with hundreds of varieties and new ones planted every year.

In 1919, the Manhattan Heights School was built to attract well-known and wealthy residents. The school's name changed in 1922 to Crockett Elementary School and continues to serve students and families that live in and around Manhattan Heights. The architecture and unique home designs in this neighborhood are thanks to many architects, but the Spanish-Mediterranean style was introduced by El Paso's first and only female architect at the time.

Manhattan Heights Historic District

→ **History Break**

Volviendo a casa desde el colegio, estaba agobiado por un sentimiento de frustración y desesperanza absoluta. Charlie y Tito intentaron animarme, pero fue inútil. "Eh, así que supongo que no puedes venir a pasar la noche, ¿eh?", dijo Tito. Empujando ligeramente a Tito, Charlie respondió diciendo: "Oye hermano, cállate, no seas tonto. Claro que no puede. ¿Por qué dices eso?" Mirando al suelo, obviamente derrotado, dije: "No sé, probablemente no". No sabía qué era peor. Perderme los últimos días de clase, o saber que tenía que volver a casa y enfrentarme a mi Mamá. "¿Quieren ir a la tienda? Yo pago". Nunca se rechaza una oferta gratuita, Tito y Charlie aceptaron con gusto. Y las cosas estaban a punto de ponerse mucho peor.

Walking home from school, I was overwhelmed with feelings of frustration and absolute hopelessness. Charlie and Tito tried cheering me up, but it was no use. "Eeee, so I guess you can't come hang out tonight, huh ese?" said Tito. Pushing Tito lightly, Charlie responded, saying, "Hey bro, shut up, don't be dumb. Of course he can't. Why would you even say that?!" Looking down at the floor, obviously defeated, I said, "I don't know, prolly not." I didn't know which was worse. Missing the last days of school, or knowing I had to go home and face my Mamá. "Do you guys want to go to the store? I'll buy." Never turning down a free offer, Tito and Charlie gladly accepted. And things were about to get a whole lot worse.

Cuando llegamos a la tienda, les pregunté a Charlie y a Tito qué querían. "¿Cuánto dinero tienes?" Preguntó Charlie. "¡Carnal, sólo dime lo que quieres!" Dije, sonando frustrado. "Ok, ok, calmate solo con síguenos unos Cheetos picosos con queso, un ring pop, un jarritos, no, un bolis en su lugar, ahh, y unos jolly ranchers...de los de manzana y sandía". Asentí con la cabeza y me volví hacia Tito. "¿Y qué quieres?" Con la mirada perdida, dijo: "Lo que sea". Extendí la mano y le pedí a Tito su mochila. "Necesito que me la prestes un momento, ¿vale?" Con una cara triste, me la entregó lentamente. Rápidamente se la arrebaté de la mano y me dirigí hacia la tienda. "Ahora vuelvo".

When we arrived at the store, I asked Charlie and Tito what they wanted. "How much money you got?" Asked Charlie. "Bro, just tell me what you want!" I said, sounding frustrated. "Ok, ok, calmate Just get us some Hot Cheetos with cheese, a ring pop, a Jarritos, no, a Bolis instead, uhh, and some Jolly Ranchers...the apple and watermelon kind." I nodded and turned to Tito. "And what do you want?" With a blank stare, he said, "Whatever." I reached my hand out and asked Tito for his backpack. "I need to borrow that for a minute, ok?" With a frown on his face, he handed it to me slowly. I quickly snatched it out of his hand and walked towards the store. "I'll be right back."

Cuando entré en la tienda, mi corazón latía tan fuerte que estaba casi seguro de que la cajera podía oírlo. Me dirigí al fondo, abriendo lentamente la mochila. En cuanto estuvo despejada, empecé a meter todos los caramelos, juguetes y una bolsa de papitas fritas que también me cabían. Estaba tan concentrado en lo que hacía que no me di cuenta de que había alguien a mi lado, mirándome con asombro. Después de hacer contacto visual conmigo, se alejaron rápidamente, y esa fue mi señal de que era hora de irme. No obstante, fue inútil, ya que cuando llegué a la puerta principal, el cajero estaba allí esperándome. Me puso tranquilamente la mano en el hombro y me dijo: "¿Por qué no te adelantas y pones esa mochila en el mostrador, hijo?". Me han atrapado.

As I walked into the store, my heart was pounding so hard I was almost sure the cashier could hear it. I made my way to the back, slowly opening the backpack. As soon as it was clear, I started stuffing every candy, toy, and bag of chips that I could fit. I was so focused on what I was doing that I didn't realize someone was standing next to me, staring in shock. After making eye contact with me, they quickly moved on, and that was my cue that it was time to go. It was no use though, by the time I had gotten to the front door, the cashier was there waiting for me. He calmly put his hand on my shoulder and said, "Why don't you go ahead and put that backpack on the counter, son." I was busted.

Lo que se suponía que iba a ser el verano de la diversión se convirtió en el verano de los quehaceres. Al final, me prohibieron la entrada a la tienda de por vida y me castigaron indefinidamente. Todavía me dolía el cuerpo por los azotes que me habían dado, y no ayudaba el hecho de tener que limpiar todo lo imaginable dentro y fuera de la casa. Ooofas, estaba cansado. Me quedaba en el patio y hablaba con Charlie o con otros amigos que pasaban por allí mientras estaban en la calle, pero esas visitas no duraban mucho. Normalmente se aburrían y se iban a hacer algo más emocionante en el barrio. Pero hoy, hoy era diferente. Mi madre gritó desde la puerta principal: "Miguelín. Ya vete. Ve a jugar con tus amigos. Pero portate bien. Compórtate". No podía creer lo que estaba escuchando. Salí corriendo por la puerta trasera, salté la cerca y le grité a mi mamá: "¡Gracias, Mamita, no te vas a arrepentir! Te prometo".

What was supposed to be the summer of fun turned out to be the summer of chores. In the end, I was banned from the store for life and was grounded indefinitely. My body still ached from the whipping I'd gotten, and it didn't help that I had to clean everything imaginable inside and outside of the house. Ooofas, was I tired. I would stand in the yard and talk to Charlie or other friends that passed by while they stood in the street, but those visits didn't last long. They usually got bored and went off to do something more exciting in the neighborhood. But today, today was different. My mom yelled from the front door, "Miguelin. Ya vete. Go play with your friends. Pero portate bien. Behave!" I couldn't believe what I was hearing. I ran out the back door, jumped the fence, and yelled back at my mamá, "Thank you, Mamita, you won't regret it! Te prometo!"

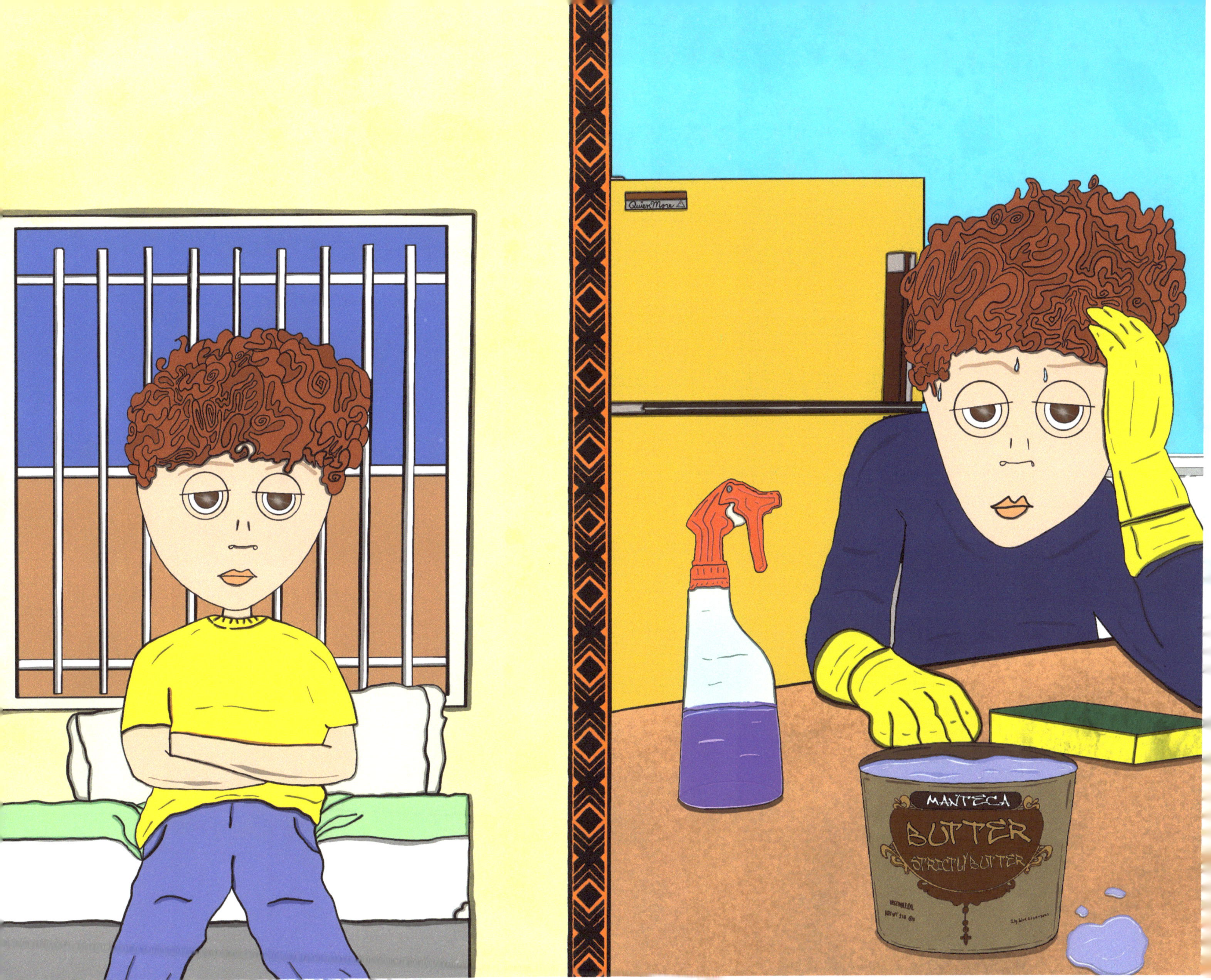
QueenMore
MANTECA
BUTTER
STRICTLY BUTTER

Mientras que la mayoría de los niños habrían optado por mantener sus narices limpias, yo hice exactamente lo contrario. Me encontraba en un espiral de descontrol y necesitaba una dirección. La ansiedad, la ira y el miedo me hacían actuar de forma más extrema cada día. Como si robar no fuera lo suficientemente malo, me metía en peleas casi todos los días e incluso había dañados a la propiedad privada. Estaba frustrado, pero no sabía cómo explicar lo que sentía o necesitaba. Así que, cuando las autoridades empezaron a intervenir, era obvio que teníamos que resolver algo rápidamente.

Where most kids might have chosen to keep their noses clean, I did the exact opposite. I was spiraling out of control and needed direction. Anxiety, Anger, and Fear had me acting out in more extreme ways every day. As if stealing wasn't bad enough, I was getting into fights almost every day and had even damaged private property. I was frustrated, but I didn't know how to explain what I felt or needed. So, when the authorities started to get involved, we obviously needed to figure something out quickly.

La primera vez que la policía me trajo a casa fue también la primera vez que vi llorar a mi Mamá. Después de hablar con la policía, cerró la puerta y se sentó en el sofá. "Ay, Miguel, ¿qué voy a hacer contigo?". Se quedó allí sentada, llorando. Luego, secándose las lágrimas de los ojos, preguntó: "¿Qué tengo que decirte para que lo entiendas? Tú y esos chicos van rumbo a un mundo de dolor". La miré con lágrimas en los ojos, todavía atormentado por el sonido de su llanto. No sabía qué decir. Quería decirle que necesitaba paciencia y compasión. O que no necesitaba que me pegaran, sino que me abrazaran y que supieran que ella me respalda. Pero, por supuesto, no podía decir que no me atrevería a decir eso porque no me sentía seguro.

The first time the police brought me home was also the first time I saw my Mamá cry. After talking to the police, she closed the front door and sat on the couch. "Ay, Miguel, what am I going to do with you?" She just sat there and sobbed. Then, wiping tears from her eyes, she asked, "what do I need to say to get through to you so that you understand? You and those boys are headed for a world of hurt." I stared at her with tears in my eyes, still haunted by the sound of her crying. I didn't know what to say. I wanted to tell her that I needed patience and compassion. Or that I didn't need to be hit, I needed to be held, and to know that she had my back. But of course, I couldn't say that I wouldn't dare say that because it didn't feel safe.

Uno de los vecindarios más antiguos de El Paso recibe su nombre del cercano estado mexicano de Chihuahua. Antes de la llegada de los Europeos, el pueblo indígena Manso y Piro ocupaba esta zona y el área a lo largo del Río Grande ya en 1583. En 1910, debido a la Revolución Mexicana, muchos refugiados mexicanos se instalaron en este vecindario porque era económico y los residentes existentes simpatizaban con su causa.

La historia de Chihuahuita se refleja en los vecindarios de embarque de Segundo Barrio y Barrio Duranguito. Estas comunidades han luchado y peleado por un trato justo y por la inversión en la gente y en sus vecindarios. El vecindario hermano de Barrio Duranguito ha estado luchando por la protección de su historia frente a los políticos locales, los promotores y los inversores que quieren demoler una de las comunidades más históricas de El Paso para hacer sitio a un estadio deportivo. ¡Que viva el barrio!

One of the oldest neighborhoods in El Paso gets its name from the nearby Mexican state of Chihuahua. Before the arrival of Europeans, the indigenous Manso and Piro people occupied this area and the area along the Rio Grande as early as 1583. In 1910, because of the Mexican Revolution, many Mexican refugees settled in this neighborhood because it was affordable, and the existing residents were sympathetic to their cause.

The history of Chihuahuita is similar to the neighborhoods of Segundo Barrio and Barrio Duranguito. These communities have struggled and fought for fair treatment and investment in people and their neighborhoods. The sister neighborhood of Barrio Duranguito has been fighting for protections to preserve its history from local politicians, developers, and investors who want to demolish one of El Paso's most historical communities to make room for a sports arena. ¡Que viva el barrio!

Chihuahuita Historic District →

HISTORY BREAK

Al día siguiente, Mamá se acercó a mí y me preguntó: "Mijo, ¿qué quieres hacer con tu tiempo libre? Vamos a buscar algo positivo en lo que puedas poner tu energía y tu frustración". La miré fijamente, con cara de confusión y sin saber si era un truco. Así que contesté lentamente: "No sé...". Esto la frustró. "¿Cómo que no lo sabes? Dímelo". Mirando al suelo, pateé con mis pies y dije: "Bueno, ¿qué tal una batería? Dijiste que mi padre tocaba la batería, ¿no? Quizá se me dé bien". "¡NO HOMBRE! Estás loco, eso es demasiado ruido, ¿y cuánto cuesta eso?", dijo con una risa. "Sabes que conozco algo que sería perfecto. Asegúrate de estar levantado y listo para salir mañana por la mañana a las 4:00. Tengo una sorpresa para ti, Miguel".

The next day Mamá came to me and asked, "Mijo, what do you want to do with your free time. Let's find you something positive to put your energy and frustration into." I stared at her, looking confused and unsure if it was a trick. So I slowly answered, "I don't know...." This frustrated her. "Como que, you don't know!? Tell me." Looking down at the floor, I kicked my feet and said, "Well, how about a drum set? You said my dad played drums, right? Maybe I'll be good at it." "NO HOMBRE! Estas loco, that's too much noise, and how much does that even cost?" she said with a chuckle. "Sabes Que, I know the perfect thing. Make sure you're up and ready to go tomorrow morning a las 4:00. I have a surprise for you, Miguel."

Al principio, pensé que iría a trabajar con mi Tata o mi Tío, pero resultó que estaba equivocado. Llegamos a un almacén que parecía súper sospechoso. "Mamá, ¿qué pasa con esto? ¿Dónde estamos?" Ella sonrió y señaló: "Ve y toca a esa puerta y te recogeré en una hora". Cuando me acerqué lentamente a la puerta, ésta se abrió y salió un hombre gigantesco. Con una voz estruendosa, dijo: "Ahhh, Meequel, listo para esas pesas". "Me llamo Miguel", dije. "Sí, sí, Meequel, soy Larry, tu mamá me habló de ti, y hago esto para ayudarte a ti y a otros niños. Vamos". Ahora sé que Mamá sólo estaba tratando de ayudar, pero por lo que pude ver, ¡este tipo estaba tratando de matarme! Resultó que el levantamiento de pesas no era lo mío. Así que Mamá siguió tratando de encontrar un pasatiempo que me apasionara y que se ajustara a su presupuesto. Incluso me inscribió en la liga de boliche de la iglesia. Cuando un intento tras otro fracasaba, Mamá y yo seguíamos siendo pacientes y buscábamos soluciones. Hasta que finalmente encontramos una.

At first, I thought I would go work with my Tata or my Tio, but it turned out I was wrong. We pulled up to a warehouse that looked super shady. "Mamá, what's up with this? Where are we?" She smiled and pointed, "Go knock on that door, and I'll pick you up in an hour." As I slowly made my way towards the door, it swung open, and a giant man stepped out. In a thunderous voice, he said, "Ahhhh, Meequel, ready to hit the weights." "My name is Miguel," I said. "Yes, yes, Meequel, I'm Larry, your mom told me about you, and I do this to help you and other kids. Come on." Now I know that Mamá was just trying to help, but as far as I could tell, this guy was trying to kill me! It turned out weight lifting just wasn't my thing. So, Mamá continued trying to find a hobby that I was passionate about and fit her budget. She even registered me for a bowling league at the church. When attempt after attempt failed, Mamá and I remained patient, and we kept looking for solutions. Until we finally found one.

Pedir tambores puede no haber sido la mejor idea. Especialmente cuando vives en una casa donde cada dos palabras que oyes es "Callate" o "Baja el ruido". Sin embargo, tuve una idea perfecta. "Oye, Mamá, quería contarte. He pensado en una nueva idea para un hobby o algo así". Ella me miró de reojo: "A ver, cuéntame". Mirando al suelo, dije: "¿Qué tal si toco la guitarra?". Se volvió hacia mí. Entonces, hablando con cautela, Ella se dio la vuelta para mirarme. Luego, hablando con cautela, añadí: "Las venden en Juárez. ¿Conoces a alguien que pueda enseñarme?". Una sonrisa apareció en su rostro, y dijo: "Sí, eso suena como una idea perfecta, y conozco a la persona que te enseñará". Por fin lo habíamos encontrado. Una afición en la que ambos estábamos de acuerdo. Iba a tocar la guitarra como un rockero. Al menos eso es lo que tenía en mente. Tipico de Miguel.

Asking for drums may not have been the greatest idea. Especially when you live in a house where every other word you hear is "Callate" or "Baja el ruido." I had a perfect idea, though. "Hey, Mamá, I wanted to tell you. I thought about a new idea for a hobby or something." She looked at me out of the corner of her eye, "A ver, tell me." Looking down at the floor, I said, "Wh-What if I play guitar?" She turned to face me. Then, speaking cautiously, I added, "They sell them in Juarez. Do you know someone who can teach me?" A smile came to her face, and she said, "Yes, that sounds like a perfect idea, and I know just the person to teach you." We had finally found it. A hobby we could both agree on. I was going to play the guitar like a rock & roller! At least that's what I had in mind. Clasico Miguel.

Dos semanas después de empezar el sexto grado, me las había arreglado para no meterme en líos. Sobre todo porque Mamá y yo habíamos hecho un trato: ella haría lo posible por conseguir una guitarra si me portaba bien. Tengo que admitir que no fue fácil, pero puedo decir que hice lo mejor que pude. Entonces, un día, cuando los chicos y yo volvíamos a casa del colegio, alguien en un coche se paró a nuestro lado, bajó la ventanilla y gritó. "¡Eeeyyyy Miguel! ¿Te acuerdas de mí? ¿Qué pasa, carnalitos?" No tenía ni idea de quién era esa persona. "Eh, hermano, ¿quién es ese tonto de la ranfla?", dijo Charlie mientras él y Tito se reían. Sin saber qué decir, respondí con un "Hey man, estoy bien. ¿Cómo estás tú?" Al notar que empezaba a retrasar el tráfico, rápidamente soltó: "¡Soy Eztli! Miguel, tu jefita me dijo sobre aprender guitarra. Nos vemos pronto. Ay te wacho!" Y así se fue.

Two weeks into 6th grade, and I had managed to stay out of trouble. Mostly because Mamá and I had made a deal that she would do her best to get me a guitar if I behaved. I have to admit that it wasn't easy, but I can say I did the best that I could. Then, one day when me and the guys were walking home from school, someone in a car pulled up beside us, rolled the window down, and yelled. "Eeeyyyy Miguel! You remember me? What's up, carnalitos?" I had no idea who this person was. "Yo, bro, who is that fool in the ranfla?" said Charlie as he and Tito laughed. Unsure of what to say, I responded with, "Hey man, I'm good. How are you?" Noticing that he was starting to hold up traffic, he quickly blurted out, "I'm Eztli! Miguel, your jefita told me about learning guitar. I'll see you soon. Ay te wacho!" And like that, he was gone.

Por fin llegó el día. Cuando llegué a casa de la escuela, vi un automóvil familiar estacionado en el frente. Corrí a la casa y encontré a mi mamá allí de pie hablando con el mismo chico que había visto 2 días antes. "Mijo, ven aquí, este es Eztli. Él es tu Nino. No sé si te acuerdas de él, porque no lo has visto desde que eras pequeño. Se acaba de mudar de Los Ángeles y es un guitarrista fantástico. ¡Él ha aceptado enseñarte! Hice todo lo posible por ser educado y saludar, pero en lo único que podía concentrarme era en la guitarra que sostenía mi mamá. "Mamá, ¿eso es para mí? ¿Esa es la guitarra? Grité. "¡Miguel, no seas grosero! Por favor, muestre respeto, salude a tu Nino ". Luego, dirigiendo mi atención a Eztli, dije: "Hola, Nino. Es bueno verte otra vez." Con voz tranquila, dijo: "Lo entiendo, mijo, estás emocionado. Tia, ¿puedo pedir prestada esa guitarra? Mamá abrió el estuche y le entregó la guitarra. "Gracias, Tia. Si está bien, nos sentaremos en el porche, hablaremos de música y nos conoceremos."

The day finally came. When I arrived home from school, I saw a familiar car parked out front. I ran into the house to find my Mamá standing there talking with the same guy I had seen 2 days before. "Mijo, come here, this is Eztli. He's your Nino. I don't know if you remember him, because you haven't seen him since you were little. He just moved back from Los Angeles, and he's a fantastic guitar player. He's agreed to teach you! I did my best to be polite and say hello, but all I could focus on was the guitar my Mamá was holding. "Mamá, is that for me? Is that the guitar?" I screamed. "Miguel, don't be rude! Por favor, Dale respeto, salude a tu Nino." Then, shifting my attention to Eztli, I said, "Hey Nino. It's good to see you again." In a calm voice, he said, "I get it, mijo, you're excited. Tia, can I borrow that guitar?" Mamá opened the case and handed him the guitar. "Thank you, Tia. If it's ok, we're gonna sit on the porch, talk about music, and get to know each other."

A partir de ese momento, mi Nino y yo fuimos inseparables. Pasamos todos los fines de semana haciendo algo relacionado con la guitarra o la música. Me presentó a maestros guitarreros, me llevó a grabar en estudios profesionales y me enseñó a tocar canciones clásicas que hicieron feliz a mamá. Cuando no tocábamos música, íbamos a conciertos. ¡Incluso me llevó a ver la leyenda, B.B. King! Nino era como el padre que necesitaba y me mostró la amabilidad y la paciencia que había estado buscando. Cuando estaba con él, no me sentía juzgado. De hecho, me hizo sentir como si fuera perfectamente normal y estaba bien tal y como era.

From that moment on, my Nino and I were inseparable. We spent every weekend doing something guitar or music-related. He introduced me to master guitar makers, took me to record in professional studios, and taught me how to play classical songs that made Mamá happy. When we weren't playing music, we were going to concerts. He even took me to see the legend, B.B. King! Nino was like the father I needed, and he showed me the kindness and patience I had been looking for. When I was with him, I didn't feel judged. In fact, he made me feel like I was perfectly normal and okay just the way I was.

También conocido como El Corazón de El Paso, el Parque Lincoln está situado bajo la I-10 Spaghetti Bowl en el sur de El Paso. Murales de vivos colores que honran a diversas figuras de los derechos civiles y la cultura chicana, entre otros temas, adornan los grandes pilares que sostienen la estructura de la autopista. Sus representaciones culturales y su arte recuerdan a los murales que se encuentran en el propio Parque Chicano de San Diego California y que están presentes desde 1981. En el parque se celebran eventos de patrimonio cultural que traen consigo espectáculos de coches lowrider, música en directo, danzantes y otras tradiciones indígenas y chicanas.

Also known as El Corazón de El Paso, Lincoln Park can be found below the I-10 Spaghetti Bowl in South El Paso. Brightly colored murals that honor various civil rights figures and Chicano culture, among other themes, adorn the large pillars that support the freeway structure. Its cultural representations and art are similar to the murals found in San Diego California's Chicano Park and have been around as early as 1981. The park has cultural heritage events that bring lowrider car shows, live music, danzantes, and other Indigenous and Chicano traditions.

A veces, los sábados por la mañana, antes de practicar con la guitarra, Nino me recoge para jugar al balonmano o al raquetbol en el colegio comunitario. Lleva su grabadora para que podamos escuchar música mientras jugamos. Un día, puso algo que cambió totalmente mi forma de escuchar y entender la música. "Nino, esto está chido. ¿Quién es este?" Dije sin aliento y dándole vueltas a la pelota. "Esto es un mixtape mijo, tiene un poco de todo. Algo de Bad Brains, Black Flag, Fishbone, Iggy. Oh, y por supuesto, algo de Jimi". Quería aprender a tocar esta música punk rock. "¿Podemos irnos ya para que me enseñes a tocar algunas de estas canciones, Nino?" Me miró con una sonrisa en la cara. "Oh, Miguelito, realmente no puedes tocar estas canciones con una guitarra acústica. Y tu mamá no quiere que toques música rock". No dije nada y seguí tocando y escuchando. "Ok, ok. Déjame ver qué puedo hacer, Miguel".

Sometimes on Saturday mornings before guitar practice, Nino picks me up to play handball or racquetball at the community college. He brings his boombox so that we can listen to music while we play. One day, he put something on that totally changed the way I listened to and understood music. "Nino, this stuff rocks. Who is this?" I said out of breath and swinging at the ball. "This is a mixtape mijo, its got a little of everyone. Some Bad Brains, Black Flag, Fishbone, Iggy. Oh, and of course, some Jimi." I wanted to learn how to play this punk rock music. "Can we go now so you can teach me how to play some of these songs, Nino?" He looked at me with a smile on his face. "Oh, Miguelito, you can't really play these songs on an acoustic guitar. And your Mamá doesn't want you playing rock music." I didn't say anything and just continued to play and listen. "Ok, ok. Let me see what I can do, Miguel."

Lo que ocurrió después cambió literalmente el rumbo de mi vida en la música. Unas semanas más tarde, después de desayunar juntos, mi Nino me dijo que tenía que hacer una parada rápida en su casa antes de dejarme en la mía. Mientras estaba sentado en su coche escuchando Funkadelic, sólo podía pensar en el punk rock y en tocar una guitarra eléctrica. Fue entonces cuando vi a mi Nino de pie en el porche con una funda de guitarra con un lazo rojo. Me hizo un gesto para que me acercara y subí rápidamente las escaleras hacia él. "Hola, Nino, ¿qué pasa?" dije con los ojos muy abiertos. "Quiero que tengas esta guitarra eléctrica Migue. Mi amigo Taylor la diseñó a mi medida, y ahora quiero que la tengas tú". No podía creer lo que estaba escuchando. Me costó hablar, así que solo lo abracé. "Ahora dime, ¿qué canción quieres aprender primero?"

What happened next literally changed the direction of my life in music. A few weeks later, after having breakfast together, my Nino let me know that he needed to make a quick stop at his house before dropping me off at home.
As I sat in his car listening to Funkadelic, all I could think about was punk rock and playing an electric guitar. That's when I saw my Nino standing on the porch holding a guitar case with a red bow on it. He motioned for me to come over,
and I quickly ran up the stairs to him. "Hey, Nino, what's up?" I said wide-eyed. "I want you to have this electric guitar Migue. My friend Taylor made
this for me, and now I want you to have it." I could not believe what
I was hearing. I struggled to speak, so I just hugged him. "Now tell me, what song do you wanna learn first?"

A partir de ese momento, dejé la guitarra acústica y sólo toqué la eléctrica. Tocaba todos los días y durante horas hasta que parecía que me iban a sangrar los dedos. Estaba obsesionado y, sinceramente, enamorado. Había encontrado algo que me permitía derramar mi ira, mi tristeza y mi frustración en ella. Y lo que es más importante, me mantenía alejada de los problemas. Para consternación de mi Madre, estaba aprendiendo canciones de grupos como Nirvana. Nino incluso empezó a enseñarme a tocar acordes de jazz y temas de artistas como James Brown. En séptimo grado, me sentía lo suficientemente seguro como para participar en el concurso de talentos de la escuela. Con mi grupo de amigos detrás de mí, me dirigí al escenario. Mientras ellos miraban desde detrás de las cortinas, toqué y gané el primer lugar en mi primera actuación como guitarrista. Y me encanto.

From that moment on, I put down the acoustic guitar and only played electric. I played every day and for hours on end until it felt like my fingers were going to bleed. I was obsessed, and quite honestly, I was in love. I had found something that allowed me to pour my anger, sadness, and frustration into it. More importantly, it kept me out of trouble. Much to my Mamá's dismay, I was learning songs from bands like Nirvana. Nino had even started teaching me how to play Jazz chords and tunes by artists like James Brown. By 7th grade, I felt confident enough to join the school talent show. With my entourage of friends behind me, I made my way to the stage. As they watched from behind the curtains, I played and won first place in my first performance as a guitar player. I was hooked.

Después de ganar el concurso de talentos, decidí que era hora de empezar a escribir mis propias canciones. Día y noche, me sentaba en mi habitación a escribir tonos de guitarra y a cantar y tararear lo que había escrito. Al poco tiempo, ya tocaba la guitarra y cantaba canciones sobre los profesores malos y mi odio a la escuela. Estaba listo para formar una banda, pero eso resultó ser un desafío. Era como si todo el mundo tocará la guitarra, y sólo había un baterista en toda la ciudad. Así que cuando se me presentó la oportunidad de unirme a una banda como cantante y no como guitarrista, supe que tenía que hacerlo. Se me hacía raro no sostener una guitarra mientras cantaba y, para ser sincero, no sabía qué hacer con mis brazos. De cualquier manera, estaba feliz de poder tocar música con otras personas.

After winning the talent show, I decided it was time to start writing my own songs. Day and night, I would sit in my room writing guitar parts and singing and humming along to what I had written. Before long, I was playing guitar and singing songs about mean teachers and hating school. I was ready to start a band, but that proved to be a challenge. It was like everyone played guitar, and there was only one drummer in the whole city. So when the opportunity came for me to join a band as a singer and not a guitar player, I knew I had to do it. It felt weird not holding a guitar while I sang, and to be honest, I didn't know what to do with my arms. Either way, I was just happy to be playing music with other people.

A medida que pasaban los años e iba creciendo, dos cosas seguían igual. Seguía tocando la guitarra eléctrica, y seguía escribiendo canciones sobre mi vida y lo que conocía. De hecho, los momentos difíciles que viví al crecer alimentaron mi creatividad. Desde las drogas y la violencia en mi vecindario hasta el dolor y el abuso que sufrí en casa y en la escuela. Tomé ese dolor y lo convertí en música. Música que me permitió viajar. Música que me puso en los mismos escenarios que los músicos a los que admiraba. Estaba creando algo de lo que se sentía como nada, y me dio un propósito y una forma de definirme y expresarme. Y, por fin, 20 años después, volvería a tocar una guitarra acústica, pero esta vez me lanzaría a tomar rumbo a interpretar mis propias canciones.

As the years passed and I grew older, two things remained the same. First, I still played electric guitar, and I was still writing songs about my life and what I knew. In fact, the hard times that I experienced growing up fueled my creativity. From the drugs and violence in my neighborhood to the hurt and abuse I experienced at home and school. I took that pain and turned it into music. Music that allowed me to travel. Music that put me on the same stages as musicians I looked up to. I was creating something from what felt like nothing, and it gave me a purpose and a way to define and express myself. And fijate, 20 years later, I would pick up an acoustic guitar again, but this time, I would hit the road performing my own songs.

20 AÑOS DESPUES

(20 years later)

Desde que aprendí a tocar la guitarra y gané mi primer concurso de talentos, he tenido la oportunidad de tocar delante de miles de personas. Pero hay una actuación que destaca y significa para mí más que cualquiera de esas experiencias que he tenido. Por fin compartí el escenario y colaboré con mi músico favorito. La persona que me enseñó todo lo que sabía y con el que comenzó todo mi camino en la música. Mi héroe,
mi mentor, mi Padrino.

Since learning how to play guitar and winning my first talent show, I have had the opportunity to play in front of thousands of people. But one performance stands out and means more to me than any of those experiences I've had. I finally shared the stage and collaborated with my favorite musician. The person that taught me everything I knew and with who my whole journey in music began. My hero, my mentor, my Padrino.

En esta misma exposición, tuve el placer de presentar por primera vez a mi Nino a mi propio ahijado. Y como no podía ser de otra manera, tiene diez años y también se llama Miguel. De hecho, ¡la familia también le llama Miguelito! "Miguelito, quiero que conozcas a mi Nino. Se llama Eztli". Miguelito nos miró a los dos y dijo en voz baja: "Ah, hola, Eztli, encantado de conocerte. Mi hermano Leo está por aquí". Mientras se daban la mano, mi Nino se agachó y le preguntó a Miguelito: "¿Y qué instrumento tocas, mijo?". Tímido y mirando hacia otro lado, Miguelito respondió: "Ninguno, pero me gustaría que mi Padrino me enseñara. Tengo muchas ganas de tocar la guitarra como él". Mi Nino y yo nos miramos y sonreímos.

At this same show, I first had the pleasure of introducing my Nino to my own ahijado. And wouldn't you know it, he's ten years old, and his name is Miguel too. In fact, the familia calls him Miguelito as well! "Miguelito, I want you to meet my Nino. His name is Eztli." Miguelito looked up at us both and said in a low voice, "Oh, hello, Eztli. Nice to meet you. My brother Leo is around here somewhere." As they shook hands, my Nino bent down and asked Miguelito, "And what instrument do you play, mijo?" Shy and looking away, Miguelito responded, "I don't, but I would like it if my Padrino would teach me. I really want to play guitar like him." My Nino and I looked at each other and smiled.

"¡Padrino, enséñame a tocar esa canción que tocaste con Eztli el otro día!". Miguelito tenía un talento innato. De hecho, tocaba tan bien que no tardó en pedirme que le enseñara canciones que requirieran una guitarra eléctrica. "Padrino, mi Mamá quiere que toque cosas como Linda Ronstadt o Chente. Y yo también quiero hacerlo, pero quiero tocar como los grupos que le gustan a mi papá. Ya sabes, como Molotov o más Rock & Roll". Le miré y me vi a mí mismo. Sonreí y, con lágrimas en los ojos, le dije. "Te quiero, mijo. Vamos a aprender algo de Lila Downs, y luego tengo una sorpresa para ti".

"Padrino, show me how to play that song you played with Eztli the other day!" Miguelito was a natural. In fact, he played so well that it wasn't long before he asked me to teach him songs that would require an electric guitar. "Padrino, my Mamá wants me to play stuff like Linda Ronstadt or Chente. And I want to do that too, but I wanna play like the bands my Papá likes. You know, like Molotov or more Rock & Roll." I looked at him and saw myself. I smiled and, with tears in my eyes, said. "I love you, mijo. Let's learn some Lila Downs, and then I have a surprise for you."

Después de años observando y aprendiendo de mi Nino, las lecciones más importantes que me enseñó no estaban en la guitarra. No me di cuenta de que me estaba enseñando la importancia de la disciplina y la consistencia , y que está bien ser siempre uno mismo sin pedir disculpas. Nino llego a mí cuando necesitaba amor, paciencia y compasión, y me hizo saber que entré en su vida cuando necesitaba aprender a compartir y dar. Y aunque mi ahijado Miguelito no es el mismo que cuando yo estaba creciendo, quiero enseñarle las mismas cosas. Quiero que Miguelito sepa que es amado y que merece paciencia y compasión. También quiero que vea que él también me ha enseñado a compartir y dar. Pero, sobre todo, quiero que sea él mismo sin complejos. Miguelito es amable. Miguelito es compasivo. Es inteligente, tiene talento y un alma hermosa. Te quiero, Miguelito.

After years of watching and learning from my Nino, the most important lessons he taught me weren't on the guitar. I didn't realize that he was teaching me the importance of discipline and consistency and that it was ok to always be unapologetically yourself. Nino came to me when I needed love, patience, and compassion, and he let me know that I came into his life when he needed to learn about sharing and giving. And even though my ahijado Miguelito is not the same as I was growing up, I want to teach him the same things. I want Miguelito to know that he is loved and is deserving of patience and compassion. I also want him to see that he too has taught me about sharing and giving. But, most importantly, I want him to be unapologetically himself. Miguelito is kind. Miguelito is compassionate. He is intelligent, talented, and a beautiful soul. I love you, Miguelito.

El barrio de Sunset Heights se ganó su nombre después de que se celebrará un concurso para dar nombre a la comunidad en 1901. En esta época, los refugiados adinerados que huían de los 10 años de guerra civil en México construyeron casas e incluso mansiones en este barrio de gran riqueza cultural. Entre sus residentes más conocidos estaba el revolucionario mexicano José Doroteo Arango Arámbula. Quizá lo conozca como Pancho Villa. Aunque muchas de estas casas históricas siguen existiendo hoy en día, algunas se han deteriorado. Se han hecho reparaciones en muchos de estos lugares históricos, incluida una casa que perteneció a Pancho Villa y a su hermano. Se cree que en ella se escondían tesoros como joyas y cientos de miles de dólares.

The neighborhood of Sunset Heights earned its name after a contest was held to name the community in 1901. Around this time, wealthy refugees fleeing Mexico's 10-year civil war had homes and even mansions built in this culturally rich neighborhood. Among its most well-known residents was Mexican revolutionary José Doroteo Arango Arámbula. You may know him as Pancho Villa. Although many of these historical homes still exist today, some have fallen into disrepair. Repairs have been made to many of these historical sites, including a house that belonged to Pancho Villa and his brother. It is believed that it once held hidden treasures like jewelry and hundreds of thousands of dollars.

Sunset Heights Historic District

↗ HISTORY BREAK

CPSIA information can be obtained
at www.ICGtesting.com
Printed in the USA
BVHW061823040822
643661BV00001B/2